I0686383

ALPHONSE ET VICTOR,

ou

LE TRIOMPHE

DE LA RELIGION ET DE L'AMITIÉ;

DIALOGUE.

POITIERS,

IMPRIMERIE DE F.-A. BARBIER.

ALPHONSE ET VICTOR,

OU

LE TRIOMPHE
DE LA RELIGION ET DE L'AMITIÉ;

DIALOGUE

ENTRE DEUX JEUNES GENS D'UN ESPRIT CULTIVÉ
ET D'UN CŒUR SENSIBLE;

PAR UN AMI DE LA JEUNESSE ET DES LETTRES.

Amico fideli nulla est comparatio. ECCLES.

A POITIERS,

Chez F.-A. BARBIER, Libraire-Imprimeur du Roi,
place Notre-Dame.

M. DCCC. XV.

AVANT-PROPOS.

L ᴇꜱ beaux-arts remontent jusqu'à l'origine du monde. Ils sont dans la nature ou plutôt dans le cœur de l'homme, où le Créateur en a mis le germe fécond. La poésie et la musique sont les plus anciens : on en trouve le goût et les monumens chez tous les peuples. La poésie surtout fut consacrée, dans l'origine, à célébrer la Divinité, sa grandeur, ses merveilles et ses bienfaits; ensuite elle fut employée à célébrer les grands événemens et les hommes fameux. Lorsque les sociétés furent plus policées et en même temps plus corrompues, les beaux-arts se corrompirent avec elles; ou bien en servant aux plaisirs des hommes, ils devinrent le véhicule et l'aliment de la corruption. Ainsi la poésie, après avoir passé des sujets sacrés aux sujets héroïques, descendit aux sujets frivoles; et ce don sublime, qu'on appela d'abord la langue des dieux, devint la langue des théâtres et des passions : le vice même s'en empara pour s'embellir de ses bril-

lans pinceaux ou du prestige de ses accens, et
la littérature profane en usurpa le domaine,
en la faisant servir à toutes ses productions.
De temps en temps quelques hommes supé-
rieurs lui rendirent sa dignité en l'appliquant
à des sujets pieux ou sublimes. Ils prouvèrent
que le vrai domaine de la poésie est dans la
Religion, comme celle-ci est la mère et la
source du vrai génie. Mais les dons du Ciel les
plus purs chez les nations dégénérées ou avides
de jouissances, se dégradent par l'usage. Ainsi
les métaux précieux destinés d'abord à orner
les temples du Très-Haut et les palais des rois,
sont devenus la matière du luxe public et les
emblèmes de la vanité sociale. La Religion
pourroit, avec fondement, revendiquer la poésie en son honneur, en rappelant son origine
et sa première destination, comme elle pourroit s'attribuer le progrès des lumières dont
notre siècle a tiré tant d'avantage et de vanité;
mais amie des lettres et des beaux-arts, dont
la propagation est un bien, quand on n'en
abuse pas, elle se contente d'invoquer le privilége commun, et d'employer quelquefois les
accens poétiques à la louange du Ciel et de la

vertu; et certes elle peut avancer, sans crainte
d'être démentie, que la poésie n'a jamais été
plus grande, plus auguste et plus belle que
dans les matières sacrées. La poésie des Hé-
breux, les cantiques immortels de David, les
poëmes d'Homère, dont les héros sont toujours en rapport avec la Divinité, quoique dé-
figurée, en fournissent l'antique preuve; dans
notre langue, les plus beaux morceaux de
nos grands maîtres, de Corneille, de Racine,
du grand Rousseau, de Voltaire même, sont
ceux que la Religion a inspirés, dont elle a
fourni le sujet ou qui portent d'elle quelque
empreinte : de nos jours encore, M. de Cha-
teaubriand a démontré, non par des raison-
nemens, mais par les fruits de son génie,
combien le christianisme est grand et supé-
rieur à toutes les beautés profanes.

Depuis qu'on a séparé la littérature de la
morale, et qu'on a relégué la Religion dans
les temples, où beaucoup de gens ne vont
plus, on a vu disparoître les grands talens
comme les grandes vertus. Un auteur a dit, il
y a long-temps, que la foi est la vigueur des
grandes âmes, mais que le cœur rétréci de

l'impie ne peut plus se mesurer avec la grandeur et la majesté de la Religion. On peut en dire autant des grandes conceptions enfantées par l'inspiration du génie. L'homme qui repousse le beau primitif et le principe divin, ne sauroit y atteindre.

Il seroit à désirer que ces secrets fussent révélés, ou ces vérités rappelées à cette portion de la jeunesse qui joint un goût de littérature au dégoût de la Religion, et qui signale son entrée dans la société, dans les sciences ou dans les arts, par le mépris de tout ce qui porte le sceau de la piété, comme si cette vertu répandoit une défaveur sur l'esprit humain. Ce préjugé qui caractérise notre génération, est aussi injuste que funeste. Sans doute on peut avoir des talens sans être pieux ni croyant. Nous en avons eu de trop brillans et de trop malheureux exemples. Mais la Religion, loin d'en empêcher le développement et l'exercice, y ajoute un nouveau lustre, leur donne un plus grand essor, et répand sur les sujets divers une teinte plus douce, plus tendre et plus profonde. Jamais aucun drame n'a égalé les pieuses et sublimes beautés d'Athalie; jamais les écrivains du jour n'ont offert dans leurs fictions, devenues l'aliment des esprits, un trait comparable à l'histoire réelle de Joseph et de Tobie. On la trouveroit belle et touchante dans un roman; on la trouve insipide, parce qu'elle est dans la Bible : voilà où conduit le défaut de croyance et la prévention.

L'indifférence ou l'incrédulité religieuse est le dernier symptôme d'immoralité et la maladie la plus grave des nations policées; cet état touche de plus près qu'on ne pense à la barbarie : les esprits et les choses ont pris une direction qui peut nous ouvrir un abîme effrayant.

Cependant, comme la société a reçu de fortes leçons, on peut espérer que l'esprit moderne sera retrempé dans les vrais principes, et qu'un meilleur sentiment renaîtra des ruines même du bon goût et de la morale. De l'impiété à la Religion il n'y a qu'un pas, comme de la nuit au retour de la lumière, ou de la léthargie au réveil. Toutefois on ne peut que s'affliger en voyant des jeunes gens doués de talens et de qualités estimables, après avoir perverti leur jugement par des livres pleins de danger, tomber dans des écarts et se préparer souvent des malheurs dans la carrière orageuse de la vie. Heureux qui pourroit les ramener ou les sauver du naufrage! Certainement ils ne connoissent pas cette Religion qu'ils abandonnent ou qu'ils repoussent. Combien qui la respecteroient et la chériroient, s'ils l'avoient connue! Combien qui revoleroient peut-être sous ses drapeaux, s'ils avoient un touchant exemple, un ami fidèle!

Frappé de ce que j'ai vu et de ce que je vois tous les jours, j'ai tenté d'exprimer dans un dialogue entre deux jeunes gens d'abord opposés de sentimens, le pouvoir de la Religion et de l'amitié sur des cœurs honnêtes. J'ai adopté la forme et le ton de la poésie, pour rallier ce langage à la morale sacrée, parce que, d'ailleurs, la versification offre plus d'harmonie et fait souvent une impression plus heureuse. Ce n'est pas ici un ouvrage d'esprit : la pensée de l'auteur est innocente et sans prétention. Je l'offre à la jeunesse de Poitiers et de la Vienne, de cette province long-temps célèbre, dont l'histoire et les monumens attestent l'ancienne fidélité. Je l'offre aux familles vertueuses, qui sentent encore le prix de la Religion, source du bonheur domestique. Si quelque mère tendre, animée par le sentiment de la nature et de la foi, avoit à gémir sur les égaremens d'un fils, peut-être y puisera-t-elle quelque consolation et quelque espérance. Si quelqu'un, enfin, inspiré par le désir d'étudier la Religion dont je n'offre qu'un aperçu dans ce dialogue, revenoit de l'indifférence ou des ténèbres de l'erreur au flambeau de la vérité, je bénirois avec lui la providence du Très-Haut, plus admirable quand elle éclaire les esprits, que quand elle fait jaillir des torrens de lumière sur l'univers.

C'est donc à vous que j'offre cet écrit, jeunes hommes, que le malheur des temps a empêchés jusqu'ici de connoître la Religion de vos pères, attaquée à votre berceau. Vous sortez du gouffre où votre génération toute entière alloit s'engloutir. Vos belles années commencent sous un Roi juste, éclairé, religieux, qui attend des vertus et des services de la jeunesse, l'espoir de son royaume : vous

avez la perspective d'être heureux et de revoir refleurir les talens dans votre patrie ;
mais quels que soient les vôtres, vous ne
sauriez être utiles à la société, si vous n'avez
des principes, et par conséquent sans la Religion qui est le principe nécessaire et uni-
versel : toutes les pensées qui n'ont pas Dieu
pour objet, sont du domaine de la mort...
Voyez le beau siècle de Louis XIV et les
grands hommes qu'il a produits, quand
notre France étoit si chrétienne ; tout alors
étoit plein de vie.... Lisez ce petit poëme
jusqu'à la fin, vous y trouverez peut-être
des pensées dignes de votre raison et quelques
sentimens dignes de votre cœur...... Les
premières semences de la Religion sont en
nous malgré nous. Il ne faut qu'un peu de
culture et un peu de chaleur pour les rendre
fécondes. Heureux l'homme qui sent le besoin
de la vérité, et qui n'a point séparé sa cause
de la vertu !

ALPHONSE ET VICTOR,

OU

LE TRIOMPHE

DE LA RELIGION ET DE L'AMITIÉ.

ALPHONSE.

ENFIN, après cinq ans je retrouve un ami
Dont l'absence à mon cœur causoit tant de souci ;
Je te vois, cher Victor, mon âme satisfaite
Tient ton heureux retour pour un vrai jour de fête.
Parle, raconte-moi ce qu'on fait loin de nous,
J'attends de ce récit l'entretien le plus doux ;
Parle de tes plaisirs, de tes soins, de tes peines,
Tu vas faire couler du nectar dans mes veines.

VICTOR.

Alphonse, je rends grâce à ton empressement.
Comme toi, je bénis notre rapprochement :
Je n'ai pas oublié, dans une longue absence,
Que des liens heureux unirent notre enfance ;
Je me retrace encore et l'étude et les jeux
Qui nous ont tour à tour occupés dans ces lieux ;
Mais les plaisirs d'enfant, quand on est à la ville,
N'offrent plus à l'esprit qu'une image futile :

A.

Il n'est rien, cher ami, qu'une grande cité
Pour jouir de la vie ; et la félicité,
Dans vos petits endroits, est aussi peu connue
Que les plantes dans l'air ou les fleurs dans la nue ;
C'est là, c'est dans le sein d'un immense concours
Que l'âme s'agrandit et qu'on voit tous les jours
Des objets variés la scène ravissante ;
Tout parle, tout instruit, tout plaît, tout vous enchante ;
Tandis qu'à la campagne, à peine, en végétant,
D'un plaisir monotone on jouit quelque instant.

ALPHONSE.

Il est vrai, dans ces lieux on manque de ressource
Et des plaisirs bientôt on a tari la source ;
Mais ce n'est pas, Victor, notre plus grand malheur,
Quand on aime à former son esprit et son cœur.
Rarement le plaisir offre-t-il l'avantage
De rendre plus heureux, plus habile et plus sage ;
A moins que son attrait, innocent, modéré,
Comme un délassement ne soit considéré :
On le goûte en passant, comme on se désaltère
Lorsque dans son voyage on trouve une onde claire.
Je suis sûr que ton cœur, vertueux et prudent,
A su dans les objets faire un discernement ;
Aussi je ne crains point d'interroger ton âme,
Elle ne doit brûler que d'une honnête flamme.
Poursuis donc ; ton discours réveille mon désir,
Et je sens comme toi le charme du plaisir.

Qu'as-tu vu d'important? Quelles sont dans le monde
Les beautés, les douceurs dont une ville abonde?

VICTOR.

Pour répondre à tes vœux il faudroit plus d'un jour,
Et l'astre de la nuit auroit fini son tour
Avant d'avoir décrit, par ordre et par série,
De tant d'objets divers la plus foible partie.
Figure-toi d'abord de superbes palais,
Des places, des contours à ne finir jamais;
Un monde d'habitans dont la foule sans cesse
Marche, va, vient, s'arrête, et s'entoure et se presse;
Les uns vont au théâtre, avides spectateurs,
Dans des drames piquans admirer les acteurs;
Les autres vont au cours, d'autres vont dans un temple,
Et partout à grands frais le luxe se contemple;
Ceux-là courent à pied, ceux-ci dans de beaux chars
Du peuple curieux attirent les regards;
Et tandis qu'à l'envi tout s'agite et tout brille,
Il semble qu'on ne voit qu'une immense famille.
Là sont des monumens anciens et révérés,
Ici des arts nouveaux les chefs-d'œuvre admirés;
Plus loin c'est un musée, ailleurs l'académie,
Où l'on voit des savans la troupe réunie.
Comment ne pas jouir au milieu des beautés
Qu'offrent de toute part tant d'objets répétés?
Ce n'est là cependant qu'une esquisse légère
De tout ce que renferme une cité première :

A 2

Je ne finirois plus ; mais tout cela n'est rien
Pour un être pensant au prix d'un autre bien ;
J'entends la liberté, ce privilége unique,
Qui n'est partout ailleurs qu'un objet chimérique :
Esclave aux petits lieux, à la ville on peut tout,
Du matin jusqu'au soir satisfaire son goût ;
Aux règlemens du jour, pourvu qu'on obéisse,
Respectant comme on doit les lois et la police,
Libre sur tout le reste on peut aller son train,
Et voilà, cher Alphonse, un bonheur souverain.

ALPHONSE.

Ami, si les cités n'ont point d'autre avantage,
Je préfère déjà notre honnête esclavage ;
Car cette liberté dont ton cœur est jaloux,
Trop peu fermes encore, n'est pas faite pour nous ;
On doit à ses devoirs être d'ailleurs fidèle,
Et la Religion sagement nous rappelle
Qu'on doit à ses penchans sans cesse combattus,
A des goûts dangereux, opposer des vertus.
Les principes reçus dans l'âge le plus tendre,
Au fond de notre cœur doivent se faire entendre ;
Les avoir méconnus, écouter d'autre voix,
Seroit à mon avis le plus malheureux choix,
Et je plaindrois ton sort si, né pour la sagesse,
La ville avoit sitôt corrompu ta jeunesse ;
Mais j'ai de ton esprit trop bonne opinion
Pour tirer contre toi cette conclusion.

VICTOR.

Laisse-là ta morale entre nous ridicule,
C'est bon pour des enfans encor sous la férule;
Quand tu seras sorti d'un misérable endroit,
Tu verras les objets d'un esprit moins étroit.
Alphonse, j'eus aussi ces communes pensées,
Par d'autres sentimens elles sont remplacées :
Je ne crains point ici de t'en faire l'aveu,
Le seul point que je crois, c'est qu'il existe un Dieu,
Un être bienfaisant, auteur de la nature,
Et qui ne veut en rien gêner sa créature;
C'est ma profession : je pense qu'un mortel
Doit à Dieu, dans son cœur, dresser l'unique autel
Digne de sa bonté, digne de sa puissance :
Voilà quel est mon culte et toute ma science.
Tout ce qui peut contraindre et forcer les esprits,
Ces devoirs, ces vertus dont nous fûmes épris,
J'en laisse à qui voudra la pratique onéreuse;
La liberté, pour moi, plus douce et plus heureuse,
M'offre tous les plaisirs; et je veux désormais
Employer mes beaux jours à goûter ses bienfaits.

ALPHONSE.

Qu'ai-je entendu, Victor, de ta bouche imprudente?
Par quel triste récit remplis-tu mon attente?
Un discours si nouveau m'étonne et me confond,
Et tu plonges mon cœur dans un chagrin profond.

Quoi! tu pourrois douter des vérités sacrées
Par les sages mortels de tout temps révérées!
Et tu voudrois te faire une religion
Au gré de ton caprice et de ta passion!
Je ne balance pas, j'abhorre ton système,
Il me paroît affreux; et malgré que je t'aime,
Il me seroit moins triste et moins dur mille fois
De te revoir mourant sans vigueur et sans voix,
Que d'entendre un discours, si ton cœur le profère,
Qui du Ciel offensé provoque la colère :
Pouvois-je le penser? Mais de grâce, dis-moi,
Victor, as-tu parlé pour éprouver ma foi?
Est-ce pour m'affliger, est-ce pour me surprendre?
Je te vois de sang froid; comment dois-je l'entendre?
Faut-il que je renonce au bonheur d'être uni
A celui qui long-temps fut mon plus tendre ami?

VICTOR.

Tu prends avec chaleur et d'un ton lamentable
Une cause où je suis sincère et non coupable.
Je respecte l'excès de ta crédulité :
Pourquoi veux-tu blâmer ma franche liberté?
Pour ne pas croire tout, suis-je donc un impie?
Est-ce bien un sujet d'en vouloir à ma vie?
Mais parlons sans aigreur : pour être homme de bien,
Est-il si nécessaire en tout d'être chrétien?
J'ai vu, j'ai fréquenté des gens pleins de mérite,
Qui dans le monde instruit se montrent pour l'élite,

Dont la façon d'agir et l'esprit différent
Ne ressemblent en rien au vulgaire ignorant;
Exempts de préjugés ils vivent sans contrainte,
Et ne connoissent point le remords ni la crainte :
Ils ne sont ni moins bons ni moins officieux.
Voudrois-tu condamner ces esprits merveilleux?
Cesse de prendre feu; le temps viendra, j'espère,
D'abjurer à ton tour une doctrine austère;
Tous ces beaux sentimens pourront bien s'éclipser,
Pour être libre enfin de vivre et de penser.

ALPHONSE.

Ami, de l'avenir je ne saurois répondre;
Ton exemple alarmant est fait pour me confondre;
Mais espérant du Ciel la grâce et le secours,
Ce que je crus enfant, je le croirai toujours;
Et plus vers l'âge mûr chaque jour je m'avance,
Plus je sens affermir cette heureuse croyance.
Du monde perverti, le dangereux poison
Est encore bien loin d'altérer ma raison :
Il a beau nous vanter son esprit, ses maximes,
Du désordre à notre âge il ouvre les abîmes;
Et tout homme sans frein qui ne craint point le Ciel,
Entraîné par ses goûts, deviendra criminel.
Ces docteurs si vantés et ces prétendus sages
N'en imposent, Victor, qu'à des esprits volages.
S'il falloit par les voix et par l'autorité
Juger du culte saint l'auguste vérité,

A 4

Les hommes vertueux et les plus grands génies (1),
En foule réunis confondroient les impies.
Vois des siècles passés la doctrine et les mœurs;
Nos pères du vrai Dieu connoissant les grandeurs,
Et les devoirs de l'homme, et les lois éternelles,
Nous ont de la sagesse offert les vrais modèles.
Ils pensoient qu'au Très-Haut soumis, reconnoissans,
Ils devoient du grand culte et l'amour et l'encens.
Par un secret nouveau les docteurs à la mode,
De vivre indépendans ont trouvé plus commode;
Et dressant librement leur autel dans le cœur,
Ils pensent faire encor grâce à leur Créateur.
Mais ne t'y trompes point : ces faciles déistes
Deviennent presque tous d'aveugles fatalistes;
Système désolant, affreuse extrémité,
Où conduit le torrent de l'incrédulité.
Ah! recule et frémis au bord du précipice;
Prends un chemin, Victor, plus sûr et plus propice;
Capable d'entrevoir l'erreur et le danger
Ne va pas dans le gouffre en avant te plonger.

VICTOR.

Sais-tu que ton discours est plein de suffisance,
Alphonse; d'où te vient cette grave science?
Je n'aurois jamais cru qu'au village enfoui,
De ces hautes raisons on pût être muni;

(1) Descartes, Newton, Leibnitz, Pascal, Bossuet, Fé-
nelon, d'Aguesseau, et mille autres.

Certes dans les grands lieux on trouveroit à peine
Une prétention si docte et si certaine.
Je m'étonne à mon tour ; mais quel peut-être enfin
Envers ou contre moi ton généreux dessein ?
Voudrois-tu me changer, et ton âme inquiète
Auroit-elle conçu de faire ma conquête ?
Ton zèle est superflu ; j'ai choisi mon parti :
Je ne suis point d'un âge à vivre assujetti.
Mon système est la sage et douce tolérance :
Entre tous les partis il a ma préférence.
Aussi libres que l'air, la pensée et la foi
Aux mortels ici bas n'imposent d'autre loi
Que le commun support, et de laisser aux autres
La croyance et les mœurs qui ne sont pas les nôtres ;
Le turc, le juif, le quakre et le socinien
Ont aussi leur pensée, et valent un chrétien.
Cesse donc de blâmer un paisible système
Qui ne sauroit en rien blesser l'Être suprême.
Mais dis-moi quel génie , en te donnant l'essor,
T'a rendu sur ce point si constant et si fort ?

ALPHONSE.

Le bon sens et la foi, voilà quel est mon guide.
Ah ! Victor, qu'on est sûr sous cette double égide ?
Tu désires savoir, dans un si grand sujet,
Si de te ramener j'ai conçu le projet ;
Ah ! si pour obtenir ce que mon cœur envie,
Il ne falloit ici que mon sang et ma vie,

Avec quel vif transport, en le versant pour toi,
Je mourrois satisfait de te rendre à la foi;
Mais c'est l'œuvre du Ciel et d'une âme sincère.
Je pourrois cependant, sans être téméraire,
Si tu voulois souffrir quelque sage argument,
Détruire à peu de frais ton vain raisonnement.

VICTOR.

Pourquoi non? Puisqu'il faut soutenir la dispute,
Fais valoir tes raisons. Je vais dans cette lutte
Me borner à te suivre, et suis jaloux de voir
Jusqu'où va cette fois ton important savoir;
Quoique j'aime assez peu ce genre de matières,
J'admirerai du moins l'éclat de tes lumières.

ALPHONSE.

Je ne suis point, Victor, un savant discoureur;
Mais écoute un ami qui pleure ton erreur.
Une Religion primitive et céleste
Fut donnée aux humains, tout l'univers l'atteste.
Elle fut altérée... Enfin un Rédempteur
Du monde corrompu vint dissiper l'erreur.
Il rétablit la loi plus parfaite et plus pure,
Donna son Evangile à toute créature;
Par sa doctrine sainte et par ses actions,
Sous le même étendard rangea les nations;
C'est la loi des chrétiens. De ses dogmes antiques
On voit de toutes parts les preuves authentiques;

Les miracles, les dons brillent aux premiers temps,
Et la prescription, forte de deux mille ans,
Supplément des vertus et des grâces premières,
Scèle invinciblement le culte de nos pères.
Crois-tu qu'avec douleur, cessant d'être payen,
Le monde eût embrassé sans un mûr examen
Des dogmes étonnans la croyance fidèle,
Qui de tant de vertus recommande le zèle ?
L'univers converti sans miracles divins
Seroit une merveille inouïe aux humains,
Si des âges suivans le crime ou l'ignorance
(Triste mal que d'un Dieu souffre la Providence)
Du culte légitime étouffant la clarté,
Par des écarts nombreux ont rompu l'unité,
A la vérité sainte assurant la victoire,
Du sein de tant d'erreurs Dieu sait tirer sa gloire.
Ainsi malgré la nue et le brouillard obscur,
L'astre des jours reluit et le ciel est d'azur.

VICTOR.

Jusque-là tes raisons me paroissent frivoles ;
Présente-moi des faits, et non point des paroles :
On peut en déclamant faire beaucoup de bruit ;
Mais ce n'est pas juger la cause qu'on instruit.

ALPHONSE.

Des faits, tout en est plein ; et c'est sur les faits même
Que s'établit ici la vérité suprême :

Quand on ouvre les yeux, on les voit tour à tour
Aux siècles étonnés offrir le plus grand jour.
Un fait toujours nouveau, quoique le plus antique,
C'est la dispersion de ce peuple hébraïque,
L'inexplicable sort de ce peuple éternel,
Sans chef, roi ni patrie, unique sous le ciel,
Au sein des nations, étranger, misérable,
Portant d'un grand délit le signe ineffaçable.
En vain pour rebâtir le temple renversé
Et réunir en corps ce peuple dispersé,
On a fait à grands frais des essais téméraires :
Le Ciel venge sur lui l'attentat de ses pères.
On a vu s'éclipser les Grecs et les Romains :
Pour détruire les Juifs tous les efforts sont vains.
Porteur dans l'univers des grandes prophéties
Sur la tête du Christ parmi nous accomplies,
Ce peuple doit durer toujours esclave, errant,
Jusqu'au temps assigné par l'arrêt tout puissant.
Qu'oseras-tu répondre à ce fait si visible ?
Cherche un exemple ailleurs plus fort et plus terrible.
Un ange qui du ciel descendroit aujourd'hui,
A peine à notre foi donneroit plus d'appui.
Faut-il à ces raisons d'autres preuves encore ?
Je t'offre des témoins du couchant à l'aurore :
D'innombrables martyrs, athlètes généreux,
Répandant tout leur sang pour la cause des Cieux ;
De mépris et d'horreur la croix d'abord flétrie,
Par les maîtres du monde arborée et chérie,

Tout orgueil abaissé par son humble vertu,
Et le culte idolâtre et l'enfer abattu.
On vouloit des chrétiens étouffer la naissance,
Et le sang des martyrs en devint la semence;
Les gibets, les tourmens redoubloient leur essor,
Et la fecondité renaissoit de la mort.

VICTOR.

Ces prodiges vantés sont des choses lointaines,
Ils offrent tout au plus des preuves incertaines;
On peut en imposer par des récits trompeurs,
Et des siècles passés on connoît les erreurs.

ALPHONSE.

Oseras-tu douter des grands faits de l'histoire?
J'en appelle aux vivans, à ta propre mémoire;
De nos jours, sous nos yeux, la France et l'univers
Ont vu renouveler ces spectacles divers.
Un monarque, un pontife, un essaim de victimes,
A force de vertus ont surpassé les crimes.
Les menaces, l'exil, les arrêts, les cachots,
La force, la terreur, la mort, les échafauds,
Ont fait des vrais croyans éclater la constance,
Et de l'impiété démontré l'impuissance.
Quand les villes encor fument du sang versé,
Le souvenir pour nous ne peut être effacé.
Il est impérissable, ami, cet Évangile,
Contre lequel se brise une rage inutile.

L'ouvrage des mortels, comme un torrent fangeux,
En souillant ses auteurs, s'est enfui devant eux;
De la Religion la divine sagesse,
Ferme au sein de l'orage, a gardé sa noblesse.
Voilà des faits nouveaux que les fastes chrétiens
Peuvent avec honneur rattacher aux anciens.
Qui donc a renversé ce pouvoir indomptable
Qui faisoit tout trembler sous un joug effroyable,
Cet homme si vanté, que l'on vit en dix ans
Surpasser la grandeur des plus fameux tyrans.
J'ai vu l'impie heureux, triomphant et superbe,
Brisé comme un roseau, flétri comme un brin d'herbe,
Au milieu des projets roulés dans son esprit,
Sur lui du Ciel vengeur l'oracle s'accomplit;
Contre l'oint du Seigneur il a porté l'audace;
L'Éternel aussitôt résolut sa disgrâce.
A peine la justice a frappé les grands coups,
Que l'instrument soudain disparoît loin de nous.
Louis au même instant est porté sur le trône.
D'où lui vient sans secours son illustre couronne?
Le Pontife romain délivré de ses fers
Le précède, et triomphe aux yeux de l'univers.
En prodiges réels quel temps fut plus fertile !
Dieu renverse l'airain et relève l'argile;
Le sort des nations est un jeu de ses mains :
C'est ainsi qu'il instruit et sauve les humains.
Voilà, voilà des faits qu'on ne peut méconnoître;
Après un long désordre il les falloit, peut-être,

Pour prouver sans réplique à ce siècle endurci,
Que jamais du Seigneur le bras n'est raccourci.
Sur ces faits éclatans la foi sainte repose. . . .
Mais qui suis-je, imprudent, pour plaider cette cause !
Je crains de l'affoiblir. Terminons ce discours,
Quand je te vois souffrir d'en prolonger le cours.

VICTOR.

Non, Alphonse, je prends du plaisir à t'entendre ;
Peut-être mon esprit finira par se rendre :
Cependant, je l'avoue, il faudra plus d'un jour
Pour m'inspirer ta foi, ton zèle et ton amour ;
Si tu ne demandois qu'un simple sacrifice
De raison et d'esprit, exempt de tout caprice
Je céderois peut-être, et je croirois dans peu
Les dogmes qu'a voulu nous révéler un Dieu ;
Mais c'est dans la pratique austère et difficile
Des vertus que prescrit ce terrible Evangile,
Qu'on éprouve l'obstacle, et je sens dans mon cœur
Un penchant naturel contraire à sa rigueur.
Quoi ! ne pourroit-on pas adoucir la morale,
Ouvrir des sentimens la source libérale ;
Concilier enfin, par un secret heureux,
Nos goûts et nos penchans avec la loi des Cieux ?
Voilà, mon cher Alphonse, un moyen salutaire
De rendre la vertu moins gênante et plus chère :
Alors à ses devoirs chacun seroit soumis,
Et la Religion n'auroit plus d'ennemis.

ALPHONSE.

Quoi! tu m'oses parler de rigueur et de peine!
Oh! vois plutôt du Ciel la bonté souveraine!
L'Evangile est si beau, si pur, si ravissant;
Il nous offre partout l'amour le plus touchant.
Connois-tu cette douce et tendre parabole
D'un père qui reçoit, qui pardonne et console
Un fils, le plus coupable entre tous les enfans,
Qui du malheur instruit par ses égaremens,
Vole au sein paternel : ô divine tendresse!
Image du Très-Haut, ce bon père s'empresse
De serrer dans ses bras, d'arroser de ses pleurs
Un fils long-temps l'objet de ses vives douleurs.
Qu'on apporte à l'instant la robe la plus belle,
Qu'il en soit revêtu; qu'une fête nouvelle
Par des concerts heureux signale ce beau jour;
De mon fils retrouvé célébrons le retour...
Voilà cet Evangile aimable et salutaire
Que le monde se plaît à montrer si sévère;
Si ton cœur est sensible, admire à ce beau trait
D'un amour généreux le modèle parfait.

VICTOR.

Je ne vois rien ici qu'une simple figure;
Mais combien d'autres points révoltent la nature,
Troublent l'esprit humain, et lui font un devoir
De ce qui trop souvent excède son pouvoir.
                                            Non,

Non, je ne puis penser que le Maître du monde,
Dont le grand attribut est la bonté féconde,
Des hommes, ses enfans, désirant le bonheur,
D'une pénible loi soit devenu l'auteur.
On l'annonce aux mortels en juge inexorable :
Une seule pensée à ses yeux rend coupable;
Il faut se renoncer, vivre au sein de la mort.
Le Ciel nous a-t-il faits pour un si triste sort?

ALPHONSE.

Ami, si les objets te paroissent trop sombres,
C'est que d'un beau tableau tu ne vois que les ombres.
La loi du Tout-Puissant, lumière et vérité,
Au lieu de l'affoiblir confirme sa bonté.
Quand il se montre à nous armé de sa justice,
S'il a des châtimens ce n'est que pour le vice.
Orné de l'innocence, ou fort du repentir,
Sans crainte devant lui tout être peut s'offrir.
Ah! respecte sa loi. Combien, sans la connoître,
Pleins de vains préjugés, la blasphèment peut-être?
Elle est sainte, elle est belle, et le bienfait du jour
N'a rien de comparable à cette loi d'amour.
Mais encore une fois, je me borne à te plaindre,
Lorsqu'aux objets divins tu ne peux plus atteindre.

VICTOR.

Tu m'offenses encor par ta prévention :
Te croirois-tu donc seul capable de raison?

B

Les trois quarts des mortels sont hommes, je le pense;
Pour ne pas professer ton heureuse croyance,
Seront-ils condamnés à périr sans retour?
Où sera de ton Dieu la sagesse et l'amour?

ALPHONSE.

C'est à d'autres qu'à moi d'expliquer ce mystère...
La perte des humains n'est jamais nécessaire.
Ils seront tous jugés sur la droite raison
Et l'emploi qu'en vivant ils ont fait de ce don;
Elle est l'œil de l'esprit : mais la vue obscurcie
A par un nouveau jour besoin d'être éclaircie;
Ce jour nous vient du Ciel, la chaste vérité
N'attend que nos désirs pour nous rendre sa clarté.
Un Dieu mourut pour tous, comme un soleil éclaire
A rayons abondans l'un et l'autre hémisphère.
L'infidèle au Japon, périssant dans l'erreur,
Ne sauroit imputer la faute au Créateur.
S'il a fait ce qu'il doit, fallut-il un miracle,
Le Ciel pour l'éclairer saura lever l'obstacle.
La porte du salut s'ouvre à l'homme de bien :
Quand on a le cœur pur, on est bientôt chrétien;
Et souvent *par ses vœux* l'âme droite et soumise,
Sans être dans son sein appartient à l'Eglise.
Souvent, dit un docteur (ce mot est plein de sens),
Les brebis sont dehors et les loups sont dedans (1).

(1) *Quot oves foris, quot lupi intùs !* S. Aug.

Les mortels, quels qu'ils soient, vivant dans l'innocence,
Seront mis à leur tour dans la juste balance ;
Il suffit de savoir que du Ciel rejeté,
Aucun ne périra sans l'avoir mérité :
Juge-toi là-dessus.

VICTOR.

Ce langage me touche ;
Sur ce point, je l'avoue, il me ferme la bouche :
Mais il n'est pas moins vrai que, sublime d'ailleurs,
L'Evangile à nos sens offre trop de rigueurs :
Pour accomplir en tout une règle aussi pure,
Qui pourra transformer notre foible nature ?

ALPHONSE.

Qui, malheureux Victor ! Celui qui de sa main
A gravé son image et sa loi dans ton sein.
Quand il est enflammé d'un désir efficace,
L'homme peut tout oser soutenu par la grâce :
Ce qui parut obscur devant lui s'éclaircit,
Et bientôt sous ses pas la route s'aplanit.
Quand le timide enfant ne marche qu'avec peine,
La mère le soutient, le porte et le ramène.
Fidèle à sa bonté, Dieu ne commande rien
Sans donner pour agir la force et le moyen.
Il est bien dégradé l'être pusillanime
Qui n'osant s'élever à cet ordre sublime
Et de la foi divine écartant le flambleau,
Dans une loi d'amour ne voit que le fardeau,

Ou qui d'un Dieu facile espérant la clémence,
Veut sans aucun mérite avoir la récompense.

VICTOR.

Puis-je trop espérer sous un Dieu généreux,
Qui met toute sa gloire à faire des heureux ?

ALPHONSE.

L'espérance, Victor, quand elle est bien fondée,
Est une des vertus aux chrétiens commandée ;
Mais, sans titre et sans fonds, loin d'être une vertu,
C'est un déréglement par la foi combattu :
Or à quel titre enfin veux-tu que Dieu s'engage
A faire ton bonheur, quand ta raison l'outrage ?
Lorsqu'au lieu d'aspirer à ta suprême fin,
Du Dieu qui t'a formé, tu trompes le dessein :
Il t'a fait pour sa gloire, et dans ce plan auguste
Il est grand, il est bon, sans cesser d'être juste ;
Quand il donne sa loi, fidèle observateur,
L'homme doit obéir sans juger son auteur.

VICTOR.

D'où vient qu'à tout instant j'éprouve dans moi-même
Un mouvement contraire à cette loi suprême ;
Pourquoi le Créateur dans un être mortel
A-t-il mis un désordre, un combat éternel ?

ALPHONSE.

Pour te donner la clef de ce profond mystère,
Il faudroit remonter à la cause première.

Au désordre, Victor, s'il est assujetti,
Tel, des mains de son Dieu, l'homme n'est point sorti.
Mais ici le combat dispose à la victoire;
La vertu sans effort offriroit moins de gloire ;
Le chrétien, dans ce fruit d'un vice originel,
Voit la chute de l'homme et le bienfait du Ciel;
Le Christ, fils du Très-Haut, dont l'antique promesse
Des suprêmes desseins fait briller la sagesse,
Dissipe le nuage, et nous rouvrant les cieux,
Sauve notre nature et comble tous les vœux.
O Victor, c'est ici que sortant du naufrage,
L'homme de l'Éternel est un second ouvrage;
Dieu se fait son égal, et lui rend mille fois
Plus de biens et d'honneurs qu'il n'en eut autrefois ;
Le sang du Rédempteur fut le bain de la terre,
La rançon et la paix. Il n'est plus d'autre guerre
Que celle dont l'impie élevant l'etendard,
De l'esprit contre Dieu veut se faire un rempart;
Qui refusant de croire au mystère ineffable,
Se rend par son orgueil malheureux et coupable,
Tandis que le fidèle à grand prix racheté,
Trouve partout la grâce et la félicité.
De l'INCARNATION et de l'EUCHARISTIE
Vois jaillir à grands flots les sources de la vie,
Et ton âme comblée à l'aspect des bienfaits,
Des maux dont tu gémis ne se plaindra jamais.

VICTOR.

J'admire, s'il le faut, la clémence divine,
Qui des premiers humains répara la ruine.
Mais pourquoi, signalant cette bonté sur nous,
Nous laisser une trace encor de son courroux :
Condamnés à souffrir, sans cesse à nous contraindre
Et partager la vie entre espérer et craindre,
N'étoit-il pas plus noble et plus digne de lui ? . . . .

ALPHONSE.

Arrête : il te suffit que Dieu soit ton appui,
Au péché primitif que sa grâce succède,
Et qu'à tes maux présens il offre le remède;
Que son cœur paternel, par les plus tendres soins,
Quand tu l'as invoqué, réponde à tes besoins;
Qu'il te tende les bras, et qu'enfin il compense
Les souffrances d'un jour par un bonheur immense :
C'est ce qu'il fait en Dieu. Cesse de murmurer,
Quand tout parle pour nous, quand il faut adorer.

VICTOR.

Quoi qu'il en soit des biens que ta foi nous atteste,
L'Evangile au grand nombre est une loi funeste;
Trop de perfection nuit à l'humanité :
On n'atteint point le but s'il est trop exalté.
Aussi je vois partout, quand on les examine,
Les prétendus croyans éluder sa doctrine :

Le pardon des affronts, l'amour des ennemis,
Tant de renoncemens ne sauroient être admis.
Quel fruit revient à Dieu d'un pareil sacrifice ?
Ne puis-je l'honorer sans trouver mon supplice ?
Ami, c'est un besoin d'adoucir cette loi ;
Retranche quelques points, et j'adore avec toi.

ALPHONSE.

Ainsi des passions le sophisme t'abuse,
Et jusque dans le mal tu vas chercher l'excuse ;
Mais la droite raison condamnant cette erreur,
S'accorde à réprimer les foiblesses du cœur.
Lorsque chez les chrétiens tu recherches le vice ;
Ne crains-tu pas, Victor, d'écouter ta malice ?
Dans la Religion, si l'on voit des abus,
La terre parmi nous offre encore des élus :
Dans ta propre famille, une sœur, une mère
Qui peut-être en secret pleurent sur ta misère,
T'en fournissent la preuve : ah ! dans leur piété
Admire la candeur et la noble bonté.
Faut-il un grand exemple en ce temps remarquable,
Pour te rendre à jamais la vertu vénérable,
Pour t'embraser d'amour ? Tu l'auras sous tes yeux
Quand la FILLE DES ROIS abordera ces lieux (1),

(1) Tout le monde sait que S. A. R. MADAME doit passer dans peu à Poitiers, et que M.gr LE DUC D'ANGOULÊME, y passant l'année dernière, parut avec une piété touchante aux pieds des Autels.

B 4

Le miracle du Ciel, l'immortélle PRINCESSE,
Pour qui toute la France à genoux s'intéresse ;
Et son AUGUSTE ÉPOUX. ... Laisse tes préjugés ;
Par d'illustres vertus nos dogmes sont vengés.
Tu parles d'ennemis. .... O mémoire éternelle !
LOUIS, le grand martyr, imitant son modèle,
N'a-t-il pas en héros souffert ses détracteurs,
Et d'une affreuse mort pardonné les *auteurs?*
Et le frère vivant, le SAUVEUR de la France,
D'Auguste et des grands rois surpassant la clémence,
N'a-t-il pas du pardon signant le testament,
Offert de l'héroïsme un nouveau monument?...
Une religion moins sublime et moins sage,
Des hommes, non du Ciel, seroit le foible ouvrage ;
On ne peut rien changer à ce qu'il a prescrit,
C'est à nous de plier nos sens et notre esprit :
Un seul point rejeté dans ce code immuable
Brise tous les liens et rend l'homme coupable.
Contemplé de nos jours quel désordre cruel
Offroit un peuple entier libre contre le Ciel.
On voudroit pour ses goûts, invoquant l'indulgence,
La liberté d'abord, ensuite la licence.
Écoute : le saint joug qu'on croit si rigoureux,
Quand il est bien porté ne fait que des heureux :
Courbé sous d'autres lois, cédant à la nature,
C'est l'esclave des sens qui souffre et qui murmure :
Celui qui dans ses mains prend le glaive sacré,
Triomphe et goûte enfin le repos désiré.

Ah! Victor, fais bientôt l'heureuse expérience
De ce que peut d'un Dieu la grâce, la clémence;
Renonce à ton système imprudent et fatal,
Pour suivre de la foi l'adorable fanal :
C'est alors qu'embrasé d'une flamme nouvelle,
Tu sentiras fléchir la nature rebelle;
Qu'éclairant ton esprit et ranimant ton cœur,
La loi sainte à tes yeux n'aura plus de rigueur.

VICTOR.

Tout beau, mon sage ami, le zèle qui t'inspire
Part d'un saint mouvement, sans doute, et je l'admire;
Tu parles en chrétien soumis et convaincu.
Je suis à ce degré loin d'être parvenu :
Quand il faut se gêner, l'examen, la prudence
Dans les points contestés exigent l'évidence.
Ces grandes vérités dont on parle si haut,
Aux yeux de la raison sont encore en défaut.
A des dogmes douteux faut-il qu'on sacrifie
Les biens et les douceurs d'une trop courte vie?

ALPHONSE.

C'est, mon cher philosophe, ici que je t'attends;
Tu parles d'examen; mais as-tu pris le temps,
Et la peine, et le soin de peser ces miracles,
Ces faits, ces monumens, ces écrits, ces oracles,
Et cette chaîne auguste, où la tradition
Montre le sceau divin de la Religion?

Si tu ne l'as point fait, te voilà mauvais juge,
Et dans le doute en vain tu cherches un refuge;
Il faut le déposer, dans un objet si grand
C'est vivre en insensé que d'être indifférent.
Mais je veux supposer qu'à cette noble affaire
Portant un examen scrupuleux et sévère,
De tes réflexions le doute soit le fruit,
Et qu'à l'incertitude enfin tu sois réduit;
(Car au delà du doute, ou brûlant, ou de glace,
Nul mortel ne sauroit parvenir, quoi qu'il fasse.)
En vain contre le Ciel on s'efforce à lutter,
A cette borne il faut malgré soi s'arrêter.
Eh bien! dans cet état, qu'exige la sagesse
Et la fière raison qu'on invoque sans cesse?
Lorsqu'entre deux chemins s'offre un abîme obscur,
Si l'on a du bon sens, prendra-t-on le moins sûr?
Parce qu'on aperçoit une route fleurie,
Offrant d'objets plus doux à notre rêverie,
Doit-on, les yeux fermés, incertain de son sort,
Braver, en la suivant, le danger de la mort?
Va, de son jugement contre lui l'incrédule
Porte avec sa raison la terrible cédule;
Son doute le condamne, et tes propres aveux
Me font trouver ton sort encor plus malheureux.

VICTOR.

Voilà de la logique et sévère et pressante,
Alphonse; je le sens, la chose est importante;

Je conviens qu'à ce point dònnant peu de loisir,
Je n'ai pas jusqu'ici satisfait ton désir;
Mais j'attends d'être un jour plus mûr et plus tranquille,
Ce n'est pas la saison, tant qu'on est à la ville;
En s'éloignant du ton de la société,
On seroit ridicule et souvent rejeté.
Qu'il ait tort ou raison, ce n'est pas à notre âge
A réformer le monde; il faut suivre l'usage,
S'efforcer d'être honnête, éviter les clameurs,
Et respecter en tout la décence et les mœurs :
Voilà quel est mon plan et ma philosophie;
Fais grâce pour un temps à ce genre de vie.
J'espère cette fois te trouver moins jaloux,
Et du Ciel à ce prix éviter le courroux.

ALPHONSE.

A la Religion soyez toujours fidèle,
Les mœurs et les vertus ne sauvent point sans elle,
A dit un sage auteur; mais je te dirai plus,
Sans elle on n'eut jamais de solides vertus.
Comme on voit quelquefois des figures livides
Colorer avec art la pâleur et les rides,
Le monde en use ainsi; par des dehors trompeurs,
Aux vices, des vertus il donne les couleurs.
Dans cette région de brillante ignorance,
On sait tout, excepté la plus noble science.
Si ta raison, Victor, prescrit de t'éclairer,
A des temps éloignés pourquoi le différer?

A toi-même rendu dans cette solitude,
De la Religion tente l'aimable étude;
C'est dans un calme heureux, loin du bruit des cités,
Que l'esprit se dispose aux saintes vérités.
Cesse de t'effrayer d'une tâche pénible :
Le Ciel sur un cœur droit lance un trait invisible,
Un rayon salutaire, un attrait précieux,
Qui soulage l'esprit et nous ouvre les yeux.
Tel l'aveugle long-temps privé de la lumière,
Lorsqu'une habile main a guéri sa paupière,
Contemple, en admirant, les objets d'alentour,
Se relève et bénit l'heureux bienfait du jour :
Tel sorti d'un état malheureux et funeste,
Tu sentiras, Victor, le jour pur et céleste.
Quoi! l'homme veut connoître un insecte, une fleur,
Et du grand univers il néglige l'Auteur!
La loi de l'Éternel de son cœur effacée,
Est dans l'être pensant la dernière pensée!
Et la raison tombée en cet horrible état,
Ose encor nous vanter sa force et son éclat!
Ami, retire enfin ton âme du prestige;
Du retour à la foi montre-nous le prodige.
S'il faut de grands objets dignes de t'embraser,
Dans la Religion apprends à les puiser :
Elle est de sentimens une source ineffable,
En sublimes beautés elle est inépuisable :
Fouille les livres saints; semés de toutes parts,
Les traits les plus heureux frapperont tes regards.

Auprès de cette source adorable et féconde
Que sont tous les ruisseaux dont s'abreuve le monde ?
Un foible météore, une froide vapeur
Près de l'astre immortel qui répand la chaleur.
As-tu jamais fixé dans les forêts antiques,
Sur des monts élevés, ces tiges magnifiques,
Monumens pleins de vie et du temps respectés,
Où l'œil découvre au loin d'imposantes beautés ;
Arbres majestueux dont les superbes têtes
S'élancent vers le ciel et bravent les tempêtes,
Renfermant à la fois, dans leur vaste contour,
Les ombres de la nuit et les clartés du jour...
Voilà des livres saints l'admirable figure,
Et la Religion imitant la nature.
Lis, admire, dévore et médite sans fin
Avec un saint respect ce volume divin :
Là brillent du Très-Haut les vertus infinies,
Et de la terre au ciel les routes aplanies ;
Là ses hauts jugemens par lui-même annoncés,
Tiennent du monde entier les destins balancés ;
Eclairés par les feux qui partent de la nue,
Les objets cesseront d'être obscurs à ta vue,
Et ton cœur étonné sentira tour à tour
Le désir et l'espoir, la terreur et l'amour.
Il est temps, cher Victor, de te rendre à la grâce ;
Je te vois ébranlé, souffre que je t'embrasse ;
Permets qu'à tes genoux je t'arrache l'aveu
Que tu veux désormais te donner à ton Dieu.

VICTOR.

Oui, mon cœur, cher Alphonse, éprouve des alarmes,
Et déjà de mes yeux je sens couler des larmes;
Je ne puis qu'admirer le merveilleux tableau
Que vient de me tracer ton sublime pinceau;
Il m'enlève, et ta voix éloquente et chérie
Porte des coups perçans dans mon âme attendrie.
Si j'eusse fréquenté des amis tels que toi,
Non, je n'aurois jamais abandonné la foi;
Malgré l'enchantement, j'avois, je le confesse,
Je ne sais quels remords condamnant ma foiblesse;
Mais dans le tourbillon où j'étois engagé,
Malgré soi dans l'ivresse on demeure plongé.
Si par fois j'entendois quelque avis salutaire,
Mon esprit rencontroit une image contraire;
Rassuré par l'exemple et le vice commun,
J'écartois de la foi le nuage importun.
Ami, de la vertu reconnois la puissance,
Dans mon égarement je craignois ta présence,
Je savois qu'au devoir constamment attaché,
Jamais d'aucune erreur tu ne fus entaché;
Ta sagesse honorable et ta foi toujours pure,
Etoient de ma conduite une vive censure.
La liberté trompeuse, hélas! m'avoit séduit,
Et dans l'abîme enfin elle m'avoit conduit;
Mais si j'ai d'un impie adopté la maxime,
Pardonne à mon erreur et rends-moi ton estime :

L'écaille de mes yeux se prépare à tomber,
Achève ton ouvrage, et fais-moi succomber;
Je sens que je dois tout à l'auteur de ma vie;
Mais de mon propre cœur encor je me défie;
Pour triompher de lui, fais un dernier effort,
Invoquant l'Éternel et pleurant sur mon sort.

ALPHONSE.

O ciel! quelle vertu, quelle faveur soudaine,
Après ce long combat à mes vœux te ramène!
Tu n'étois donc pas fait pour périr sans retour :
Dieu réclame sur toi les droits de son amour.
Ah! puisqu'il faut des pleurs, j'en verserai de joie
Du rayon que le Ciel par sa grâce t'envoie :
Jette-toi dans ses bras, ne crains plus le passé;
Par les larmes du cœur le crime est effacé :
A sa voix désormais ne ferme plus l'oreille;
Seconde avec transports la foi qui se réveille;
Renais à la vertu dans un âge si beau :
Assez d'autres, hélas! restent dans le tombeau.
Ah! Victor, tu deviens plus cher à ma tendresse :
Jamais je n'éprouvai de si vive alégresse,
Et je bénis cent fois cet heureux entretien,
Qui me rend un ami dans un nouveau chrétien.

VICTOR.

C'est par toi que du Ciel le prodige s'opère,
Alphonse, je n'ai pu résister à ta voix;

Et j'apprends aujourd'hui pour la première fois
Que des biens le plus grand, c'est UN AMI SINCÈRE.

MAURICE *(ancienne connoissance, qui avoit entendu le*
dialogue, sans être vu, paroissant tout à coup devant les
deux amis).

O glorieux Alphonse! ô fortuné Victor!
J'unis à votre foi mes vœux avec transport :
N'en soyez pas surpris; ce que je viens d'entendre,
Et les pleurs innocens que je vous vois répandre,
Ont pénétré mon cœur. A des doutes obscurs
Succèdent du vrai jour les rayons les plus purs.
Né d'ancêtres pieux, je sens qu'à leur mémoire
Je devois rattacher et ma vie et ma gloire :
Ce que je n'ai point fait, je veux le commencer;
Quand la raison est mûre, il est temps d'y penser.
Enfin des mécréans je connois le délire;
C'est au sort du chrétien désormais que j'aspire.
Je bénis à mon tour le moment fortuné
Qui fixe mon esprit au devoir ramené.
Jurons, jurons ensemble, amis, d'être fidèles,
Et sauvons à la fois trois âmes immortelles :
Le vain plaisir, la crainte ou le respect humain
Peuvent-ils arrêter un si noble dessein?
Montrons dès aujourd'hui par des actes sincères,
Qu'il est beau de marcher au sentier de nos pères.
Dans ces jours de scandale au monde corrompu
Opposons une ligue au nom de la vertu;

Et

Et qu'un si bel exemple à la cause sacrée
Rappelle, s'il se peut, la jeunesse égarée.
Inspirés par le Ciel, allons avec ardeur
Chercher des compagnons reconquis à l'honneur :
Lorqu'enfin nous sortons d'une si longue crise,
DIEU, LE ROI, LA VERTU SERONT NOTRE DEVISE.

FIN.

C

On peut lire avec intérêt le beau Discours de M. de Laharpe, qui précède sa traduction des Psaumes;

Les Pensées de Pascal;

Les Pensées théologiques, par Jamin;

Démonstration évangélique, par M. Duvoisin;

Dissertation sur la vérité de la Religion, par M. de la Luzerne;

La Vérité de la Religion, par Abbadie, auteur protestant, etc., etc., etc.

www.ingramcontent.com/pod-product-compliance
Lightning Source LLC
Chambersburg PA
CBHW061704180626
46818CB00003B/1246